EVA: Ich bin gestern angekommen. Einen Tag habe ich schon hinter mir. Bisher ist alles gut ausgegangen. Ich muß vorsichtig sein. Die Welt macht einen unfertigen Eindruck, besonders Berg und Tal, Land und Wasser und so weiter. Immerhin sieht es heute schon besser aus als gestern.
Gestern habe ich eine Entdeckung gemacht. Ich bin mir nicht sicher, was für ein Tier das ist. Ich finde es weit interessanter als die anderen Biester. Ich vermute, daß es eine Art Echse ist. Vielleicht ein Saurier? Leider hat es keinen richtig langen Schwanz. Es geht auf den Hinterbeinen. Nach oben hin läuft es rundlich zu wie Kügelchen auf einem Kegel, und im Stehen stützt es sich wie ein Kran auf den Boden. Auffällig sind seine wirren, ungepflegten Haare und seine blauen Augen. Aber trotzdem kommt es mir eher wie ein kleiner Dinosaurier vor. Schade, daß er im Vergleich zu den anderen Echsen, die sich hier herumtreiben, relativ winzig ist.
Zuerst hatte ich Angst vor dieser Kreatur, weil ich kleiner bin. Ich wollte davonlaufen. Aber dann merkte ich, wie scheu sie war. Ich faßte Mut und lief ihr hinterher. Sie verhielt sich sonderbar und war so nervös und einsam, daß sie mich dauerte. Ich hütete mich davor, ihr zu nahe zu kommen. Sie floh vor mir auf einen Baum und versteckte sich zwischen den Ästen. Ich wartete eine Zeitlang. Dann gab ich auf, legte mich in meinen Unterschlupf und schlief ein.

ADAM: Ein völlig neues Wesen ist aufgetaucht, das seit kurzem hier herumhängt. Für mich ist es eine Abwechslung. Nur eines stört mich: daß dieses Biest immer hinter mir herläuft. Mir wäre es lieber, wenn es sich mit den anderen Tieren herumtriebe. Zu viel Geselligkeit kann ich nicht leiden. Die neue Kreatur hat lange Haare, die im Wind wehen.
Natürlich ist sie unerfahren. Sie ist ja jünger als ich. Darauf muß ich Rücksicht nehmen. Doch sie ist neugierig und eifrig, will alles kennenlernen und interessiert sich für alle Kräuter und Tiere.

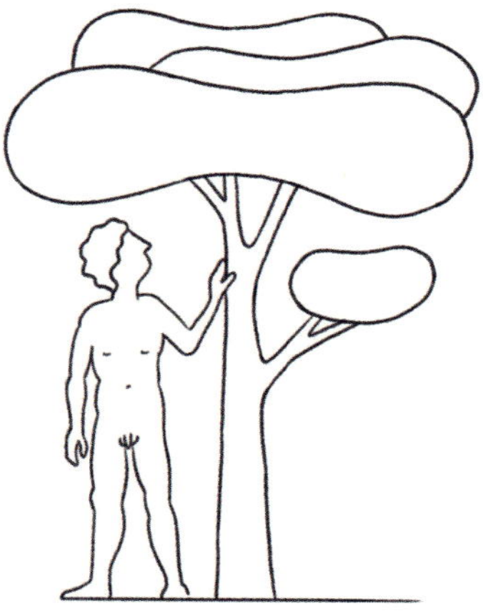

EVA: Gestern abend erschien etwas Neues am Himmel. Es war rund und leuchtete. Ich nannte es *Mond.* Es gefiel mir. Leider war nur eins von dieser Sorte da; sonst war alles dunkel. Warum nicht fünf oder sechs Monde?
Sterne sind auch vorhanden, und zwar eine ganze Menge. Sie würden mir sicher gut stehen, wenn ich sie in meine Frisur stecken könnte. Ich habe versucht, ein paar davon einzufangen, aber sie sind zu weit weg.
Später war mir kalt. Im Wald fand ich ein paar junge Tiger, die mit mir spielen wollten. Die wärmten mich mit ihrem Fell auf. Natürlich wußte ich nicht, was sie waren, weil ich solche Tiere noch nie gesehen hatte. Aber ich begriff sofort, daß es *Tiger* waren und daß sie *Tiger* heißen. Solche Namen fallen mir ein, ohne daß ich darüber nachzudenken brauche. Sie haben Streifen, und ich vermute, daß es Tiger ohne Streifen nicht geben kann. Das Muster auf ihrem Fell ist bezaubernd. Bestimmt ließen sich schöne warme Mäntel daraus machen.

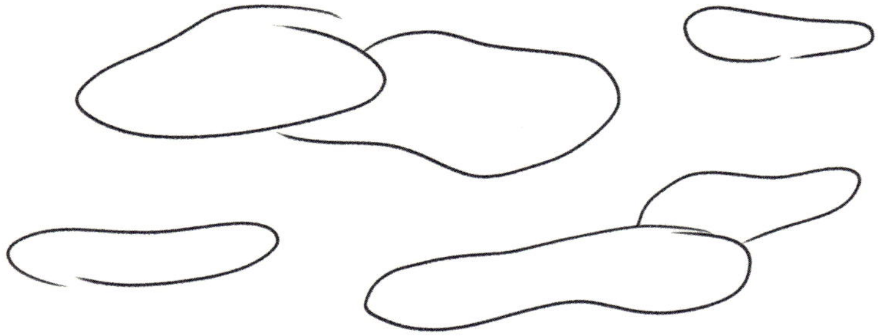

ADAM: Heute war der Himmel bewölkt. Wir glauben, daß es regnen wird … *Wir*? Wo kommt plötzlich dieser neue Ausdruck her? Das neue Biest hat ihn aufgebracht. Es murmelt vor sich hin und zwitschert. *Ich ich ich, du du du, er er er, sie sie sie, wir wir wir.* Vielleicht ist es ein Vogel. Aber es kann nicht fliegen und hat keinen richtigen Schnabel.
Wenn ich *Bestie* sage, oder *es* oder *er*, schüttelt es den Kopf und verzieht das Gesicht. Ich habe es mit *du*, mit *sie* und mit *wir* versucht. Sie hat genickt und war zufrieden.

EVA: Heute nacht war der Mond auf einmal weg. Das ist sehr schade. Ich werde ihn vermissen, denn einen anderen scheint es hier nicht zu geben.

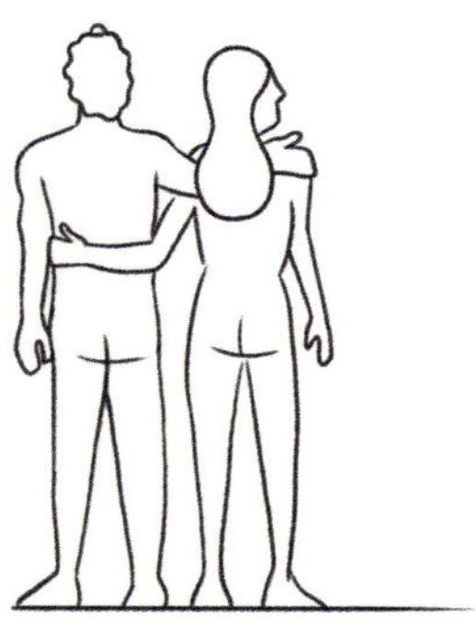

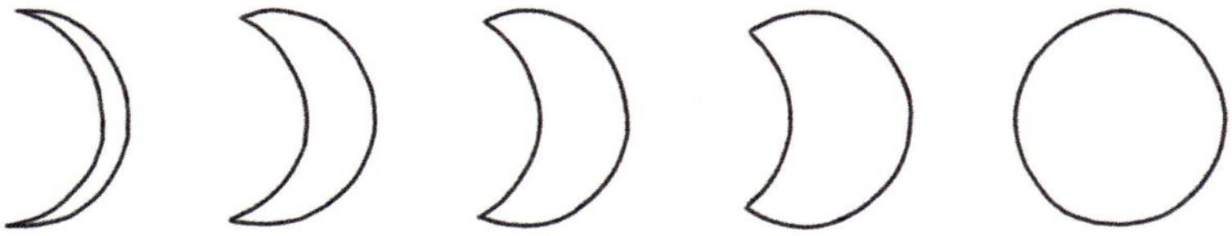

ADAM: Gestern ist *sie* in den Teich gefallen. Sie hat keine Luft mehr gekriegt und wäre beinahe ertrunken, weil sie die Tiere, die im Teich wohnen, kennenlernen wollte. Sie tun ihr leid, weil sie nicht laufen können. Sie bezeichnet sie als *Fische*. Wenn es nach ihr geht, muß alles und jedes einen Namen haben, obwohl diese Geschöpfe gar nicht auf sie hören. Wenn sie nach ihnen ruft: *Fisch Fisch Fisch*, klingt das wie eine Schlange, die zischt. Die Tiere hören einfach nicht auf sie. Wieder ein Beweis dafür, daß sie nicht ganz dicht ist …

EVA: Der Mond ist wieder da. Ich frage mich, ob ihn jemand geklaut hatte. Aber wer? Das andere Biest, das mich interessiert, kann es nicht gewesen sein, denn es freut sich nicht über den Mond. Es hat offenbar keinen Geschmack, sonst wäre es begeistert von der Beleuchtung am Himmel.

ADAM: Gestern abend hat die Neue eine Menge von ihren Fischen aus dem Wasser geholt, nach Hause geschleppt und zu mir ins Bett gepackt, um sie aufzuwärmen. Das hat den Fischen gar nicht gefallen. Sie machten einen unglücklichen Eindruck, als sie mucksmäuschenstill neben mir unter der Decke lagen. Auch mir paßte das nicht, weil sie sich auf der Haut klebrig anfühlen. Ich konnte lange nicht einschlafen. Ich nahm mir vor, die Neue, die hinter mir herläuft, so bald wie möglich wieder loszuwerden.

EVA: Ich werde ihm beibringen, daß es ein Unterschied ist, ob etwas ein *Er* oder eine *Sie* oder ein *Wir* ist. Es war ein Volltreffer, als ich ihn *er* nannte. Gestern abend ist er zum Tümpel gekrochen, um die kleinen silbernen Fische zu fangen, die dort herumschwimmen. Wozu denn? Ich fand das herzlos. Er plagte die Fische, die viel geschickter waren als er und sich nicht fangen ließen. Um ihn von seinem Treiben abzubringen, warf ich einen großen Erdbrocken auf ihn, weil kein Kieselstein in der Nähe war. Er war verdutzt, weil ich ihn von hinten am Nacken getroffen hatte.
Plötzlich drehte er sich zu mir um und fing an zu reden. Ich war sprachlos. Denn bis zu diesem Moment hatte ich nie eine andere Stimme als meine eigene gehört. Natürlich habe ich kein Wort von dem verstanden, was er sagte, aber ich bin mir sicher, daß er wütend war.
Dann hat er sich soweit beruhigt, daß er mich genauer ansah und verstand, daß ich nichts gegen ihn habe. Er hat mich direkt angesprochen! Das fand ich interessant; denn ich rede für mein Leben gern und finde es herrlich, mich zu unterhalten. Sogar mit mir selbst! Ich rede auch im Schlaf. Der Grund dafür ist, daß ich *beredt* bin. Diesen Ausdruck, der mir plötzlich eingefallen ist, finde ich sehr passend.
Mit einem Saurier hat *er* keine Ähnlichkeit. Vorläufig, bis ich mehr über ihn herausfinde, werde ich ihn einfach *Mann* nennen. Das ist kürzer als *Dinosaurier* und trifft es noch besser.

ADAM: Es ist klar, daß sie unerfahren ist. Darauf muß ich Rücksicht nehmen. Doch sie interessiert sich für alles, ist neugierig und eifrig, kann sich gut ausdrücken und findet für jedes Kraut und jedes Tier sofort einen Namen. Der Mond und die Sterne gefallen ihr. Daß sie weit entfernt sind und keinerlei praktischen Nutzen versprechen, macht ihr nichts aus.
Heute erklärte sie mir, daß sie *Eva* heißt. Meinetwegen. Mich nennt sie *Adam*. Auf die Dauer werde ich mich daran gewöhnen. *Adam und Eva*, das klingt nicht schlecht. Also habe ich nachgegeben. »Du bist mein Mann, und ich bin deine Frau«, hat sie gesagt. »Wir sind ja nur zu zweit hier, und deshalb ist jede Verwechslung ausgeschlossen.«
Wie du meinst, habe ich geantwortet, damit sie endlich Ruhe gibt und den Mund hält. Doch wo kommt sie her? Das habe ich mich gleich gefragt, als sie auftauchte. Aber mit der Wahrheit wollte sie nicht herausrücken. Ich glaube, sie schämt sich. »Warum?«, sagte ich. »Das ist doch kein Grund. Du kannst doch nichts für die Art, wie du hergekommen bist.«

EVA: Ich mußte ihm erklären, daß ich aus einer seiner Rippen gemacht worden bin. »Wann und von wem denn?«, hat er sich erkundigt. Woher soll ich das wissen?

ADAM: Ob diese Geschichte wahr ist, kann ich nicht beurteilen. Wahrscheinlich habe ich fest geschlafen, als es passierte. Ich habe heimlich nachgezählt und festgestellt, daß mir keine einzige Rippe fehlt.

EVA: Adam hockt wieder einmal auf seinem Lieblingsbaum. Ich glaube, er ist faul. Dauernd ruht er sich aus. Für mich wäre das nichts. Ich habe es jetzt schon satt, auf dem Gras herumzusitzen und ihn zu beobachten. Vielleicht ist Adam ein Langweiler. Selten fällt ihm etwas Überraschendes ein. Ich fürchte, er ist mir einfach zu bieder.

ADAM: Eva kapiert nicht, warum ich auf den Baum geklettert bin. Um Äste abzubrechen! Ohne Bauholz kann ich keine anständige Laubhütte bauen. Dazu brauche ich zwei kurze gegabelte Äste am Eingang, die sich stützen und nicht so leicht umfallen. Außerdem ist einer nötig, der nicht krumm sein darf und viel länger als die andern ist. Den brauche ich für die Decke. Dann kommen die Wände aus kleineren Ästen an die Reihe, und am Schluß wird die Hütte mit so viel Laub abgedichtet, daß es nicht hineinregnet. Das ist keine Kunst, macht aber viel Arbeit.

EVA: Schön und gut, was Adam sich für mich ausgedacht hat. Aber auf die Dauer möchte ich nicht in einer Hütte leben. Ich werde ihn bitten, ein richtiges Holzhaus zu bauen. Mit ein paar Ästen und einem Haufen Laub geht das nicht, nur mit richtigen Stämmen und Balken. Adam sollte sie ordentlich schälen. Und die Ritzen des Hauses sollten später mit Moos abgedichtet werden, damit es innen nicht zu kalt und zu feucht wird.

ADAM: Eva ist eben sehr anspruchsvoll. Eigentlich möchte sie einen regelrechten Haushalt haben, mit allem Kram, der ihrer Meinung nach dazugehört. Ich will sehen, was sich machen läßt, damit sie zufrieden ist.
Ich zweifle jedoch an ihrer Vernunft. Es ist gut möglich, daß sie nicht ganz richtig im Kopf ist. Neulich ist sie zum Beispiel an den Teich gelaufen, hat sich ans Ufer gesetzt und mit den Füßen im Wasser ihr Spiegelbild betrachtet. Den ganzen Nachmittag sah sie sich selbst zu. Warum ist sie so versessen darauf, ihr eigenes Bild zu betrachten? Sie unterhielt sich sogar mit ihm, und erst am Abend, als es dunkel wurde, ist sie nach Hause gekommen.

EVA: Ich glaube, die auf dem Weiher ist meine Zwillingsschwester. Sie tröstet mich. Es ist gut, eine solche Freundin zu haben. Adam will nichts von mir wissen. Sie dagegen versteht mich. Wir sind ein Herz und eine Seele.
Das ging so lange gut, bis die Sonne hinter den Wolken verschwunden war. Ein Wind kam auf und brachte alles durcheinander. Die Wellen tanzten auf dem Wasser, und ich konnte nichts mehr erkennen. Ich habe gehofft, sie käme wieder, und wartete stundenlang auf ihr Spiegelbild. Sobald der Mond sich zeigt, dachte ich, wird sie wieder da sein. Aber nein!
Schließlich wurde ich müde und mußte einsam nach Hause wandern.

ADAM: Wahrscheinlich ist Eva in sich selbst verliebt. Das einzig richtige Wort für diesen Zustand ist mir heute eingefallen. Ich nenne das *eitel*. Das ist ein Zug an ihr, den ich bedenklich finde.
Am Morgen bin ich heimlich allein zu dem großen Wasserfall gelaufen, den ich schon lange genauer untersuchen wollte. Weit und breit schäumt und tost kein anderer Fluß so imponierend.
Als Eva mir nachlief, behauptete sie, das sei der *Reinfall*. Warum? Weil er genauso aussieht, wie sie sich einen Reinfall vorstellt. Ich finde diesen Namen albern.

EVA: Adam behandelt mich unfreundlich, und auch zu den Tieren ist er nicht besonders nett. Was verdrießt ihn so, wenn ich da bin? Was hat er nur gegen mich? Vielleicht habe ich etwas falsch gemacht. Ich hätte den Erdklumpen nicht auf ihn werfen sollen. Das hat er mir übelgenommen, obwohl ich bloß den kleinen Fischen zu Hilfe kommen wollte. Im Grunde mag ich ihn. Er schweigt zwar gewöhnlich, aber ich höre ihm nicht ungern zu, wenn er endlich einmal den Mund aufmacht.

ADAM: Mir wäre es lieber, wenn sie schwiege. Aber sie redet immerzu. Das hört sich so an, als hätte ich etwas gegen Eva. Doch so ist das nicht gemeint. Schließlich ist sie eine Frau, und ich bin der erste Mann, der ihr zu Gesicht gekommen ist.
Kaum läuft einem von uns etwas Neues über den Weg, schon überlegt sie, wie es heißen könnte. Ihr zu widersprechen ist völlig zwecklos. Zum Beispiel will sie mir weismachen, daß es hier Tiere gibt, die sie *Dodos* nennt. Sie sagt, es sei auf den ersten Blick klar, wie ein Dodo aussieht. Mit diesem Namen wird der oder das Dodo wohl leben müssen. Mir ist es zu dumm, mich über so etwas aufzuregen. Ausgerechnet Dodo! Dieser Vogel hat ebensowenig Ähnlichkeit mit einem Dodo wie ich.

EVA: Es stimmt, daß dieser Vogel eine Kapuze aufhat und sich nur mühsam bewegt. Der Dodo hat nur einen Stummelschwanz und kann nicht fliegen. Aber er tut mir leid. Adam macht sich lustig über ihn, obwohl er selbst keine Flügel hat.

ADAM: Alles kriegt einen Namen, und ich kann nichts dagegen machen. Ich hatte bereits einen passenden, hübschen, musikalischen Namen für die Gegend, in der wir wohnen: *Paradiesgarten.* Ich bleibe dabei, unseren Aufenthaltsort *Paradies* zu nennen, wenn ich allein bin. Eva paßt dieser Ausdruck nicht. Sie meint, es sei gar kein Garten. Alles, was es hier gibt, seien nur Wälder, Felsen, Seen und vielerlei Tiere. Mit einem Wort: eine Landschaft. Sie möchte das Paradies umtaufen. Wenn es nach ihr geht, soll es schlicht und einfach *Park am Reinfall* heißen.

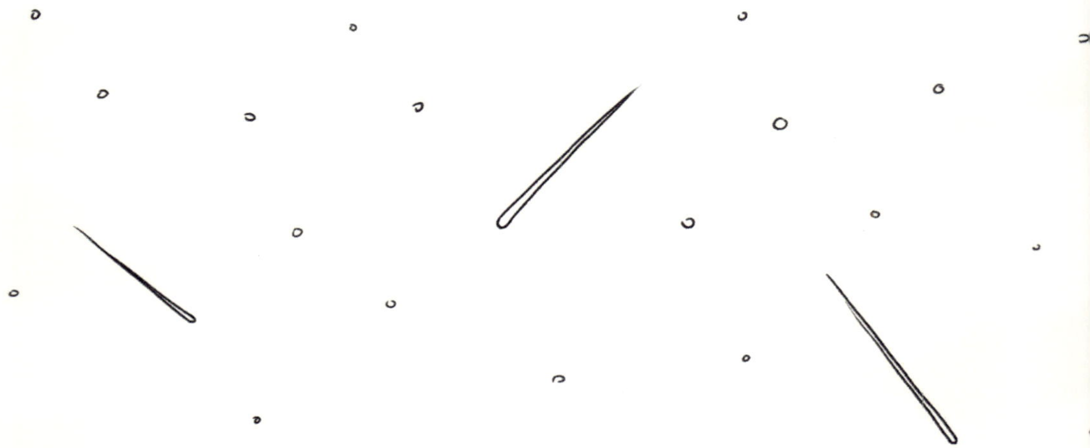

ADAM: Ich habe gestern meine erste wissenschaftliche Entdeckung gemacht. Nicht nur der Wasserfall, sondern alles, was flüssig ist, auch wenn es nur ein Bach ist, fließt abwärts. Eva war erstaunt über diese Theorie, aber ich habe sie überzeugt. Sie bewunderte mich, doch ich winkte ab. Früher oder später wäre irgendein anderer Forscher auf diese Idee gekommen.

EVA: Adam grübelt über die Frage nach, warum das Wasser nicht aufwärts fließt. Es könnte sein, daß das nur am Tag so ist und nicht in der Nacht. Wenn das Wasser nicht zurückkäme, würde der Teich nämlich allmählich austrocknen.

Adam zeigte mir einen Apfel, der am Baum hing. Als er herunterfiel, sagte er, daß alle Äpfel früher oder später nach unten fallen. Das hänge damit zusammen, daß sie *schwer* sind. Eine einleuchtende Erklärung für dieses angebliche Gesetz hatte er allerdings nicht.

Meine eigenen Experimente haben gezeigt, daß ein Stück Holz, genau wie ein dürres Blatt, auf dem Wasser stets oben schwimmt. Bei einem Stein ist das ganz anders. Er sinkt sofort nach unten. Doch wenn ich eine Feder in die Luft werfe, fliegt sie davon und verschwindet. Ich habe Adam auf diesen Umstand aufmerksam gemacht. Er schweigt darüber, wie immer, wenn er ratlos ist. Wenigstens von den Sternen dachte ich ursprünglich, daß sie immer bleiben, wo sie sind. Leider stimmt das nicht. Einige von ihnen sind nachts geschmolzen und heruntergefallen.

ADAM: Eva beschwert sich, daß die Tiere friedlicher und höflicher miteinander umgehen als ich mit ihr.

EVA: Ein Hund oder ein Elefant versteht meistens, was ich meine, wenn ich mit ihm rede. Das könnte bedeuten, daß die Tiere nicht nur entgegenkommender, sondern auch klüger sind als Adam und ich.

ADAM: Gestern hat Eva ein Brett aufgehängt, auf dem steht: »Das Betreten des Rasens ist verboten.«
Ich muß sagen: Früher, als ich allein war, ging es ruhiger zu im Paradies. Ich brauche jedenfalls keine Hausordnung. Ein Paradies, in dem etwas verboten ist, hat doch keinen Sinn. Eva denkt darüber allerdings ganz anders.
Ich sage mir: Nur Geduld! Du mußt durchhalten, Adam. Darauf kommt es an.

EVA: Ich habe ihn darüber aufgeklärt, daß der heutige Tag etwas ganz Besonderes ist, nämlich ein Sonntag. Das wird der einzige sein, an dem wir ausruhen. Es gibt jede Woche noch sechs andere, an denen man alles treiben kann, was einem einfällt. Er soll sich die Reihenfolge merken, damit er sie nicht durcheinanderbringt: Montag, Dienstag, Mittwoch, Donnerstag, Freitag, Samstag. Dann ist wieder der Sonntag an der Reihe.

ADAM: Ich habe erst nicht verstanden, wozu Eva die Woche einteilen wollte. Aber sie hat eine gute Erklärung dafür. Die Sonntage seien immer so öde, daß man sechs Tage braucht, um sich von ihnen zu erholen. Hin und wieder hat sogar Eva recht.

Allerdings war früher jeden Tag Ruhe. Heute dringt sie auf eine Besucherordnung, obwohl uns bisher noch niemand besucht hat. Überall sind Schilder aufgehängt, die ich geschmacklos finde:

»Weg zur Ziegeninsel«

»Hier geht es zum Pool!«

»Zur Höhle, in der ein Wind weht«, und so weiter.

»Hier wäre ein idealer Ort für Touristen«, behauptet sie. Was sie darunter versteht, weiß ich nicht. Eva hat eben lauter Flausen im Kopf. Ich frage sie lieber nicht, was sie meint, sonst muß ich mir stundenlange Erklärungen anhören.

EVA: Ich finde, Adam soll mit seinen Versuchen aufhören, den Reinfall zu überqueren. Das ist lebensgefährlich. Jedesmal, wenn er es probiert, läuft es mir kalt den Rücken runter. Ich glaube, der Wasserfall hat nur einen einzigen Zweck: Er ist dazu da, die Landschaft zu verschönern, genau wie die Nilpferde und das Mammut.

ADAM: Ich sehe nicht ein, was sie gegen meine Experimente hat. Mir macht es Spaß, in den Wasserfall zu springen. Das kühlt einen ab. Sonst hat der Reinfall keinen Reiz für mich. Ich habe höchstens Lust, ihn zu überqueren. Dazu brauche ich nur ein großes Faß, das ich mit Tang oder anderen Schlingpflanzen zusammenbinden kann. Eva meint, das sei zu riskant. Um sie zu beruhigen, habe ich nachgegeben und ihr stattdessen eine Tonne vorgeschlagen. Wieder hat sie genörgelt. Immer schimpft sie und legt mir Steine in den Weg. So kann es nicht weitergehen.

EVA: Adam ist wieder weg. Ohne ihn wurde mir langweilig, und ich kam auf die Idee, ein Loch mit einem Stock zu bohren. Das ist gar nicht so leicht. Mit einem zweiten Stöckchen ging es besser. Wenn man sie kräftig aneinander reibt, wird das Holz heiß. Daraufhin geschah in dem Loch etwas Merkwürdiges. Ein winziger bläulicher Geist erschien und funkelte. Er wurde zuerst gelb, dann rötlich und immer größer. Ich steckte den Finger hinein, um zu sehen, was passiert war. Das tat so weh, daß ich *autsch* rief und ihn in den Mund nahm. Ich dachte nach. Dieses unangenehme Gefühl war mir neu.
Wie immer fiel mir sofort ein Namen dafür ein. Es heißt *brennen*, und den unbekannten Geist, wenn es überhaupt ein Geist ist, nenne ich von jetzt an *Flamme* oder *Feuer*. Nach einer Weile schrumpfte es zusammen. Das Licht ging aus, und über dem Loch stieg eine kleine Wolke auf, die sich kräuselte. Es war mir klar, daß das nur der *Rauch* sein konnte.
Am liebsten hätte ich Adam gleich von meiner Entdeckung erzählt, aber er war fortgegangen. Wahrscheinlich trieb er sich am Reinfall herum. Außerdem hätte er mich sowieso bloß gefragt, wozu das Feuer dienen soll; ob man es zum Bau einer Hütte brauchen oder einen Wasserfall damit überqueren kann. Was keinen praktischen Zweck hat, läßt ihn kalt. Mir aber reicht es, wenn ich etwas Neuem begegne, das spannend ist und das ich schön finde.
Ich war neugierig, was aus dem Loch geworden war, kehrte zu ihm zurück und stocherte darin herum. Es glühte nicht mehr, aber ich fand dort eine Mischung von weißem und schwarzem Zeug. Aha, dachte ich mir, das muß wohl die *Asche* sein. Die schwarzen Steine waren noch ziemlich warm. Ich hatte einen Apfel dabei, warf ihn ins Loch und wartete ab, was passierte.
Der Apfel ging nicht kaputt. Im Gegenteil! Er duftete stärker als vorher, war ganz weich, und als ich ihn anbiß, schmeckte er wunderbar.
Das Feuer ist zwar nicht harmlos, aber vielleicht stellt sich heraus, daß man es brauchen kann. Adam will daran nicht glauben. Man muß nur vorsichtig mit den Flammen umgehen, damit man sich nicht die Finger verbrennt.

ADAM: Evas neueste Manie: Sie will nur noch Obst essen. Kein Fleisch und keinen Fisch mehr. Meinen Baum vor dem Haus hat sie so lange geschüttelt und die Äpfel auf dem Gras eingesammelt, bis nichts mehr übrig war. Sie ist ganz verrückt nach ihnen, auch wenn es nur Fallobst ist.
Heute ziemlich viel Nebel. Ich bleibe lieber drinnen. Aber sie will immer raus, egal bei welchem Wetter. Nasse Füße machen ihr nichts aus. Und dann fängt sie wieder an zu plaudern. Wie still es früher hier war, und wie angenehm!

EVA: Ich habe ein Tier gezähmt. Das muß entweder ein *Wolf* oder ein *Hund* sein. Er läuft hinter mir her. Wenn Adam nicht da ist, begleitet er mich überallhin. Das ist gut. Mein Tier fängt keinen Streit an und läßt mich nicht allein.

ADAM: Ihren neuen Liebling tätschelt sie. Sie hat für ihn eine Art Bett hergerichtet, in dem er schläft. Er gehorcht ihr und kommt, wenn sie ihn ruft. Sie sagt, sie hätte ihn erzogen. Aber auf mich hört er nicht. Er ist verwöhnt, schnüffelt an mir herum und bringt ein scheußliches Geräusch hervor.
Eva sagt: »Er bellt nur, aber er beißt nicht!« Wenn ich schimpfe, kuscht und winselt er.

EVA: Ich komme mit den Tieren besser aus als mit Adam. Sie sind freundlich zu mir. Das sehe ich daran, daß sie mit dem Schwanz wedeln, wenn sie einen haben. Ich interessiere mich nicht nur für meinen Hund. Auch die meisten anderen Tiere sind rücksichtsvoller als Adam.

ADAM: Es gibt wieder Neuigkeiten. Vorgestern kam ein Saurier bei uns vorbei. Von dem war Eva so begeistert, daß sie ihn zähmen wollte, so wie den Hund. Wenn man ihn gut behandelt, werde er ein gutes Haustier abgeben. Diese Idee ist abwegig. Ich hielt ihr vor, daß er mit seinem langen Hals mindestens zwanzig Meter mißt. Er ist so groß, daß er nicht ins Haus paßt. Und wo soll er mit seinem enormen Schwanz hin?
Aber Eva, die sich nie zufriedengibt, sagte: »Er ist gutmütig und frißt nur Pflanzen. Wir könnten Bronto doch auf dem Dach unterbringen.« Sie nennt ihn *Bronto*! Ich erklärte ihr, daß er mindestens fünfzehn Tonnen wiegt und daß das ganze Haus zusammenbrechen wird, wenn er sich draufsetzt.
Doch der Saurier war ohnehin viel vernünftiger als Eva. Er sah sich kurz um und machte sich wieder aus dem Staub.

EVA: Adam versteht keinen Spaß, wenn es um sein Haus geht. Ich fürchte, er ist ein Spielverderber.

ADAM: Ich bin geflohen, weil sie nach dem Saurier mit einem Elefanten angebandelt hat. Ich war zwei Tage lang unterwegs und habe mir an einem versteckten Platz eine neue Laubhütte gebaut, in die es nicht hineinregnet. Ich wollte nur meine Ruhe haben.
Aber ich hatte nicht mit ihrem Hund gerechnet. Dieser *Wolfi*, so nennt sie ihn, hat mich in meiner neuen Bude aufgespürt. Als Eva ankam, hat sie das übliche Theater veranstaltet. Das kenne ich schon. Ich hatte ja ursprünglich die Absicht, sie loszuwerden. Aber dann rann ihr ein salziges Wasser aus den Augen, und sie jammerte wie die anderen Tiere, wenn es ihnen schlecht geht. Katzen jaulen in der Nacht manchmal so auf dem Dach.
Sie tat mir leid. Mir blieb letzten Endes gar nichts anderes übrig, als mit Eva und Wolfi in die alte Hütte zurückzukehren. Ich werde also die Zähne zusammenbeißen und durchhalten.

EVA: Ich bin heimlich auf den Apfelbaum vor dem Haus geklettert und habe an den Ästen geschüttelt, weil ich ganz verrückt nach Obst bin.

ADAM: Sie kann nicht genug kriegen und pflückt alle Äpfel ab. Aber ein Paradies ohne Äpfel kann es kaum geben. Wie sollen wir uns ernähren? Nur mit Nüssen und Rüben werden wir nicht auskommen, wenn sie alle Bratäpfel verzehrt hat.
Mach dir keine Sorgen, sagt sie, alle Pflanzen wachsen ganz von selbst nach. Sie ist eben nie um eine *Ausrede* verlegen. Auf diesen neuen Ausdruck ist sie stolz. Manchmal beneide ich sie. Ihr fällt immer ein Dreh ein, mit dem sie Eindruck machen kann.

EVA: Ich gebe zu, daß ich Stimmen höre, die von irgendwoher kommen. Das behalte ich lieber für mich. Wenn ich Adam davon erzählen würde, könnte er sich einbilden, daß ich diese Stimmen erfunden habe, um ihn zu erschrecken. Oder er würde glauben, daß ich nicht ganz bei Trost bin.
Aber darum geht es nicht. Die Stimmen, die mich verfolgen, kommen von oben. Sie sind laut und schlagen einen Ton an, den ich unverschämt und empörend finde.

ADAM: Das Neueste ist, daß sie sich mit einer Schlange angefreundet hat. Seitdem kümmert sie sich nicht mehr um die anderen Tiere. Die sind abgemeldet. Ihr Wolfi ist verärgert, und die kleinen Tiger sind enttäuscht, weil sie nicht mehr mit ihnen spielt.
Sie beschäftigt sich stundenlang mit ihrer Schlange und unterhält sich mit ihr. Ich bin froh, daß sie jemanden hat, mit dem sie schwatzen kann. Trotzdem werde ich ein mulmiges Gefühl nicht los.

EVA: Die Schlange hat mir etwas ins Ohr gesagt, oder vielmehr: ins Ohr gezischt. Sie rät mir, einen ganz bestimmten Apfel zu probieren. Die normalen Äpfel seien uninteressant, doch sie kenne einen verzauberten Baum, der sei etwas ganz Besonderes und seine Äpfel schmeckten viel besser als alle gewöhnlichen Früchte. Wer von ihnen esse, dem würden sie alle möglichen Kenntnisse und Talente verschaffen. Die stünden Adam und mir unbedingt zu. Ich habe für die Schlange bereits ein neues Wort erfunden: Sie ist *genial*!

ADAM: Ich habe ihr gesagt, sie solle nicht auf die Schlange hören und einen Bogen um diesen Baum machen, damit wir keinen Ärger kriegen. Aber weil sie eigensinnig ist, wird sie meine Warnungen ignorieren. Der einzige Entschluß, den ich auf ihre Absicht hin fassen konnte, war, so bald wie möglich abzuhauen.

Gesagt, getan. Gestern abend habe ich mit einem Pferd die Flucht ergriffen und nahm Eva mit. Wir sind die ganze Nacht geritten. Ich hatte genug von ihren Phantastereien und dachte, der beste Ausweg sei, das Paradies Paradies sein zu lassen und die ganze Gegend zu verlassen, bevor wir hier Scherereien bekämen.

Als die Sonne aufging, war es dafür aber bereits zu spät. Ein riesiger Krach brach los mit Donner und Blitz. Es hagelte Eisklumpen. Das war kein Paradies mehr, das war die Hölle. Die Tiere fielen übereinander her, besonders die Tiger. Eine Bestie fraß die nächste auf. Ich schrie sie an, sie sollten kuschen, Platz nehmen und uns in Ruhe lassen. Aber sie dachten nicht im Traum daran, mit diesem Wahnsinn aufzuhören. Wir schwangen uns auf mein Pferd und galoppierten davon. Sonst hätten die Tiger uns beide und den Gaul sofort aufgefressen.

EVA: Adam war so entschlossen, daß er nicht auf mich hören wollte. Weil ich weiß, wie stur er sein kann, habe ich mich im letzten Moment auf sein Pferd geschwungen.

ADAM: Ich war von dem Desaster längst nicht so überrascht wie Eva, denn ich habe gleich verstanden, was im Paradies los war. Daß Eva einen Apfel von dem verzauberten Baum heruntergeholt, geklaut und verspeist hat, mag nicht der Grund für dieses Tohuwabohu gewesen sein, aber hat es doch ausgelöst. Ich denke mir, daß dabei eine gewisse Rachsucht mitgespielt hat, und dabei bleibe ich. Jemand sollte für Evas Fehler zur Rechenschaft gezogen werden. Da sie als Sündenbock nicht geeignet ist – denn sie kann zwar zickig sein, ist aber keine Ziege –, müssen dafür andere büßen. Später hat sich herausgestellt, daß das ganze Menschengeschlecht für Evas Vergehen haften soll.
Mir war klar, daß wir so schnell wie möglich aus dem Paradies verschwinden mußten, um unversehrt zu bleiben. Es ist eine Falschmeldung, daß man uns vertrieben hat. Die Zustände im Paradies waren so unerträglich, daß ich es freiwillig verlassen habe.
Die ersten paar Tage da draußen fand ich ganz gemütlich, und ich glaubte schon, das Schlimmste wäre überstanden. Jedenfalls waren wir vorläufig in Sicherheit. Ich setzte Eva im Wald ab, weil ich ganz in der Nähe einen Wasserfall rauschen hörte, ein Geräusch, das mir bekannt vorkam. Das konnte nur der Reinfall sein. Die Grenze war offenbar nicht weit. Eva ist mir wie immer nachgelaufen, und sie hat mich wie immer schnell gefunden.
Ich war ganz froh darüber, denn ich hatte Hunger, und sie hatte ein paar Äpfel von ihrem Lieblingsbaum mitgebracht. Im Prinzip war ich zwar dagegen, eine verbotene Frucht zu essen. Aber in einer solchen Situation kann man sich an Prinzipien nur halten, solange man etwas im Bauch hat.
Der angebissene Apfel, eine Spätlese, schmeckte süß. Trotzdem warf ich ihn weg, weil mich sein bitterer Nachgeschmack störte.

EVA: Es gibt einen Zug an Adams Charakter, der mir mißfällt. Ich werde das in Zukunft *zynisch* nennen.

ADAM: Daß Eva eitel ist, wußte ich. Aber so weit wie gestern ist sie noch nie gegangen. Sie trat nicht nackt auf, sondern hatte eine Art Vorhang an, eine Hülle aus Blättern und Zweigen. Ich fragte sie, was dieses Theater zu bedeuten habe, riß ihr das Zeug vom Leib und warf es weg. Sie kicherte und lief ganz rot an. Das fand ich töricht. Sie erklärte, mir würde es bald genauso ergehen. Ich weiß selbst nicht, warum ich anfing, die Blätter und Zweige wieder aufzuklauben, vielleicht, weil ich nicht mutterseelenallein splitternackt in der Gegend herumstehen wollte. Ich war selbst verlegen und habe Eva angeschrien: »Stell dich bitte nicht so an! Such lieber mehr von dem Laub zusammen und bring es her!«
Ich habe verschiedene Blätter anprobiert, aber gefunden, daß mir das Feigenlaub am besten steht.
Später haben wir einmal heimlich die Grenze zum Paradies überquert. Wir kamen bis zu dem Ort, an dem sich die wilden Tiere zerfleischt hatten. Dort fanden wir noch ein paar von ihren Bälgern. Die Felle haben wir herausgeschmuggelt. Eva, die sich darauf versteht, flickte sie zusammen.
Kleider sind zwar etwas äußerst Unbequemes, weil sie Ärmel haben und einen Strick brauchen, um sie zusammenzuhalten. Aber sie halten einen warm im Winter, und wenn es stürmt. Man muß sie dauernd waschen, viel Geduld mit den Knöpfen haben und sich, je nachdem, ob die Sonne scheint oder es regnet, ständig umziehen. Das ist lästig, und es dauert lange, sich an die Kleider zu gewöhnen.
Eva ist übrigens gar keine so schlechte Gefährtin. Ohne Eva liefe ich wahrscheinlich einsam und deprimiert in dieser Wildnis herum.

EVA: Ich mag Adam trotz allem. Ich habe darüber nachgedacht, woran das liegt. Seine Stimme kann es nicht sein, denn er kann nicht singen wie die Vögel. Wenn er es trotzdem tut, wird die Milch sauer. Gewiß ist Adam ziemlich gescheit, aber für ein angeborenes Talent kann man nichts. Wer weiß, vielleicht wird sich sein Verstand sogar noch weiterentwickeln. Mit seinem Fleiß, seiner Höflichkeit und seiner Bildung ist es nicht weit her. Doch er ist gut gebaut und muskulös, und dafür bewundere ich ihn.

Aber das wäre noch lange kein Grund, ihn zu mögen. Dafür habe ich gar keine Erklärung, abgesehen davon, daß er ein Mann ist. Das gefällt mir. Ich war schon auf den ersten Blick davon überzeugt, weil er einen beachtlichen Schwanz hat. Wenn es hier andere Männer gäbe, wüßte ich nicht, was dann mit mir passieren könnte.

Aber ich bin zu dem Schluß gekommen, daß ich ihn einfach deshalb liebe, weil er *mein* Mann ist. Und mehr ist dazu nicht zu sagen.

ADAM: Mir ist ein Fisch am Ufer aufgefallen, dem praktisch über Nacht Beine gewachsen sind. Wenn sie sich richtig weiterentwickeln, wird dieser Fisch bald frei herumlaufen können. Eva hat ihm sofort einen Namen verpaßt. Sie nennt ihn *Quappe*, und als ob das nicht genug wäre, sogar *Kaulquappe*. Die armen Fische tun ihr leid, weil sie immer naß sind und nur im Wasser leben und nicht herumlaufen können wie die anderen Tiere. Sie wartete geduldig darauf, was aus den Quappen werden würde. Es dauerte nicht lange, da wurden ihre Beine immer länger. Diese Tiere waren ganz aus dem Häuschen vor Freude und hüpften auf der Wiese herum. Am Abend fingen sie an, einen Gesang anzustimmen. Ihr Konzert war ziemlich laut. Sie waren grün und hatten gelbe Kulleraugen. Eva hat sie umgetauft. Jetzt heißen sie *Frösche*. Ich holte sogleich einige andere Fische aus dem Teich und setzte sie auf den Auen aus, weil ich dachte, daß ihnen Beine wachsen würden, so daß sie laufen, springen und spazierengehen könnten. Aber auf der Wiese gefiel es ihnen nicht. Es war ihnen wohl zu trocken. Dieses Experiment beweist, daß sie mit dem Festland nichts anfangen können.

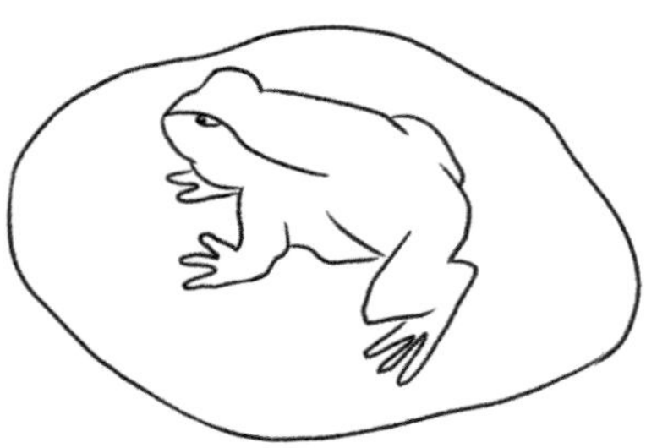

EVA: Adam war eine ganze Woche lang weg. Er hat sich einen biegsamen Kiefernast geholt und die beiden Enden mit einer Schur verbunden. Er ist doch sehr erfinderisch. Mit einem solchen Bogen will er auf der Heide Hasen jagen, die man braten und aufessen kann.

ADAM: Was Eva nicht versteht, ist, daß ein Bogen ohne Pfeil nichts taugt. Man braucht nur einen harten, spitzigen Stein zu nehmen und ihn auf ein solides langes Hölzchen zu stecken, und der Pfeil ist fertig. Allerdings muß er ganz fest sitzen, sonst bricht er ab und taugt nicht als Waffe.

EVA: Wegen der Jagd war Adam nicht zu Hause, als das Kind ankam. Es kam mitten in der Nacht. Ich war völlig überrascht. Adam hat dafür eine Redensart; er sagt immer: »Man muß das Unerwartete erwarten.«
Zuerst hat es weh getan. Ich hatte Bauchschmerzen. Es hing an einer Schnur, als es aus mir herauskam, hatte keine Zähne und war nur spärlich behaart. Es schrie, als täte ihm die Luft weh, und blutete ein wenig.
Nach einer Stunde fühlte ich mich besser, und ich konnte es beruhigen. Ob es ein Mensch ist, muß sich erst herausstellen.

ADAM: Als ich von der Jagd nach Hause kam, mit ein paar Hasen als Beute, war ich mir nicht sicher, ob es sich bei dem neuen Wesen, wie bei den anderen Tieren, um unseren Nachwuchs handelte. Es war schwer zu klassifizieren. Außerdem war es viel winziger als wir. Zuerst dachte ich, es sei vielleicht ein Fisch. Aber als ich es ins Wasser warf, verschwand es in der Tiefe. Eva sprang sofort in den Tümpel und holte es wieder raus, bevor es lernen konnte, zu schwimmen. Ob es Fisch oder Fleisch ist, scheint Eva egal zu sein.
Eine Echse ist es nicht, weil es keine Schuppen und keinen langen Schwanz hat. Auch fehlen Flügel. Dafür sind vier Beine vorhanden. Wenn man ihm einen Finger hinstreckt, ergreift es ihn; daraus schließe ich, daß es statt Krallen oder Pfoten eine Hand hat, die nicht grau oder braun ist, sondern rosa.

EVA: Adam ist überzeugt davon, daß ich es im Wald gefunden habe. Ich ließ ihn in diesem Glauben. Er hat mir ja schon damals, als ich auf die Welt kam, die Geschichte mit der Rippe nicht abgenommen. Daß ich das neue Wesen selbst geboren habe, während er unterwegs war, will er nicht einsehen.
Er denkt auch, es könne nicht das einzige seiner Art sein. Deshalb ist er in die Wildnis gegangen, um nach weiteren Exemplaren zu suchen, damit der Neuling nicht ohne Spielkameraden bleibt.
Das ist eine gute Idee, die ich ihm gar nicht zugetraut hätte. Früher, als wir noch im Paradies waren, habe ich auch selbst gern mit den jungen Tigern gespielt.

ADAM: Damals war Eva nicht gleich aus dem Häuschen, wenn den Tigern ihr Essen nicht bekam, aber jetzt macht sie sich ständig Sorgen um ihren kleinen Liebling.

EVA: Wieder war Adam weg. Das war mir recht, denn ich wollte mich mit dem neuen Kind beschäftigen. Es hat einen kleinen Schwanz, was bedeutet, daß es ein Junge sein muß. Ich habe also einen Sohn! Als er anfing zu krähen und zu krabbeln, drückte ich ihn ans Herz und küßte ihn. Ich war begeistert, als er mich anlächelte. Mir fiel sofort der passende Name ein. Ich nannte ihn *Kain*.

ADAM: Warum Kain? Eva bestand darauf, und ich gab nach, weil ich keinen Streit mit ihr anfangen wollte. Sie ist völlig vernarrt in ihn und sagt, es wäre ihr, und wahrscheinlich sogar unser Kind.
Kain hat einige Ähnlichkeit mit uns. Das gebe ich zu. Eva sagt, er sei sogar mit uns verwandt. Das ist ausgeschlossen. Wir haben doch gar keine Verwandten. Ich verstehe sie nicht. Sie hat sich sehr verändert, seitdem er aufgetaucht ist. Offenbar ist er ihr lieber als die anderen Tiere. Das ist unerklärlich. Vielleicht ist sie verrückt geworden. Manchmal klopft sie Kain auf den Rücken und bringt Töne hervor, um ihn zu beruhigen, wenn er sich aufregt. Manchmal heult sie. Was hat sie bloß?
Zuerst war Kain so winzig, daß ich ihm keine Überlebenschance gab. Aber bald fing er an zu wachsen. Jetzt ist er schon dreimal so groß wie am Anfang, und die Geräusche, die er hervorbringt, werden immer lauter. In manchen Nächten kann ich wegen seines Gebrülls nicht einschlafen. Auf dem Kopf sind ihm Haare gewachsen. Sein Mund ist weich und zahnlos. Er stillt seinen Durst an Evas Brust. Ich vermute aber, daß es dabei nicht bleiben kann; denn auf die Dauer wird er sich kaum allein von Milch und Brei ernähren. Er braucht Zähne, um von einem Brot oder einem Hasenrücken abzubeißen.

EVA: Ich finde es unfair, daß wir aus dem Garten rausgeschmissen wurden, nur wegen eines Apfels. Adam sagt, wir seien freiwillig gegangen. Das behauptet er aber nur, weil er stolz ist und immer die Initiative ergreifen möchte.
Im Paradies mußten wir praktisch bei Null anfangen. Niemand hat uns unterstützt. Wir hatten beide keine Ahnung und wußten nicht, was Gut und Böse ist, genausowenig wie der kleine Kain.
Und auf einmal sollen wir büßen und lernen, was das alles bedeutet: Hunger, Durst, Kälte. Man will uns ein Gewissen beibringen und uns Reue und Pflichten einschärfen. An Krankheiten, Angst, Neid sollen wir uns gefälligst gewöhnen.
Ich denke oft an die Schlange. Sie hat gesagt, daß das alles an *Gott* liege. Von dieser Idee war sie so besessen, daß sie immerzu darauf zurückkam.
»Wer ist dieser Gott, und wo ist er zu finden?«, habe ich sie gefragt. Er sei überall zugleich und sehr mächtig. Er habe alles, was es auf der Welt gibt, erschaffen, nicht nur das Licht und die Erde, auch alle Tiere, sogar die Schlange, die listiger war als alles, was da ansonsten kreucht und fleucht.

Und am Schluß seien ihm auch Adam und ich eingefallen. Ich vermute, daß die Stimmen von oben, die ich gehört habe, etwas mit ihm zu tun haben. Übrigens sei es streng verboten, sich ein Bild von ihm zu machen. Wie er heißt, wußte die Schlange nicht genau. Manche behaupten, er habe neunundneunzig Namen, und dazu gebe es einen hundertsten, den aber niemand kennt.

Die Schlange behauptet, fest stehe nur, daß alle seine Geschöpfe sterben müssen. Alle halten das für ein Übel, aber sie sagt dazu: »Ihr werdet noch froh darüber sein, daß alles ein Ende hat.«

ADAM: Ich war wieder einmal weg, als es zum nächsten Zwischenfall kam. Kaum hatte ich Eva den Rücken zugewandt, da kam schon wieder ein Kind zur Welt: ein Bruder, den sie *Abel* nannte. Ich habe gleich bemerkt, daß er einen Schwanz hatte. Also wieder ein Sohn! Ich habe die beiden untersucht und festgestellt, daß sie einander ähnlich sind.
Doch Abel scheint gutmütiger zu sein als Kain, der Teller und Schüsseln vom Tisch reißt und sich auf dem Boden herumwirft. Ich fürchte, daß er ein böses Ende nehmen wird, wenn er so weitermacht.

EVA: Adam sollte recht behalten mit seinem Mißtrauen. Kains Benehmen hat ihn so verdrossen, daß er jahrelang nichts mehr in sein Tagebuch schreiben wollte. Er hat wohl geahnt, daß das nächste Unglück nicht auf sich warten lassen würde.
Bevor es passierte, ließ sich die Entwicklung der Brüder ganz harmlos an. Ich war froh, als sich die beiden mit fünfzehn oder sechzehn Jahren für einen ordentlichen Beruf entschieden. Im Grunde bin ich zwar gegen die Kinderarbeit, aber Adam war zufrieden, daß die beiden ihm nicht mehr länger auf der Tasche liegen wollten.

ADAM: Kain erklärte mir, er möchte Ackerbauer werden. Das sei etwas Solides. Wenn man es richtig mache, könne man jedes Jahr ernten und hätte immer genug zu essen. Abel entschied sich für die Viehzucht. Genauer gesagt, wollte er Schäfer werden. Die Arbeit als Hirte sei nicht schwer, und man brauche nur Geduld zu haben und zu warten. Er vertraue darauf, daß jedes Jahr genug Lämmer zur Welt kämen; man hätte zartes Fleisch, und mit der Wolle könne man sich im Winter warmhalten.

Außerdem war Abel fromm und nicht so widerspenstig wie Kain. Deshalb faßte er den Plan, je nach der Jahreszeit dem unsichtbaren Gott ein Brandopfer darzubringen. Der Rauch, der dabei zum Himmel aufsteigt, sei köstlich und dem Herrn wohlgefällig. Davon war Abel überzeugt.

Tatsächlich zeigte sich bald, daß er mit diesem Vorgehen recht erfolgreich war. Seine Herde gedieh mit jedem Jahr. Darüber ärgerte sich Kain, der auf seinen Bruder eifersüchtig war. Er glaubte ganz im Ernst daran, dieser Gott bevorzuge Schaffleisch und lehne seine Steckrüben ab.

EVA: Eines Tages schlief Abel so lange auf seinem Brandaltar, daß ich beunruhigt war. Auf der Weide fingen seine Schafe an zu meckern. Am nächsten Morgen bat ich Adam, ihn aufzuwecken. Wir fanden ihn mit blutigem Gesicht. Er war blaß. Wir trugen ihn nach Hause und wuschen ihm das Blut ab, aber er schlief gleich wieder ein. Ich versuchte, ihn aufzuwärmen. Endlich machte er die Augen auf und murmelte etwas vor sich hin. Zuerst verstand ich ihn nicht, aber dann sagte er ganz deutlich: »Es war Kain, der mir das angetan hat.«
Das war sein letztes Lebenszeichen.

ADAM: Mein erster Sohn ist also ein Mörder. Damit muß ich mich abfinden. Eva war verzweifelt. Sie fragte sich immerzu nach dem Grund. Daß Kain es aus Neid getan hat, wollte sie nicht glauben. Zu ihrer Verwirrung trug noch etwas anderes bei. Nach einer Weile *entwickelte* sich auf seiner Stirn ein Mal. Es war eine Art roter Ausschlag, der nie wieder verschwand.
Schließlich ist Kain ausgewandert, vielleicht, weil Eva die Schande nicht ertrug. Sie machte sich Sorgen wegen unseres guten Rufs und wegen des Getratsches der Nachkommen und der Nachbarbarschaft. Ich erfuhr gerüchtweise, daß Kain eine Familie und eine neue Stadt gegründet haben soll. Wenn ich über meine ersten Söhne nachdenke, sieht es ganz so aus, als könnten sich Hirten und Ackerbauern nicht leiden.
Jedesmal, wenn wir Kain Fleisch zum Essen gegeben hatten, verzog er das Gesicht und klagte, bei einer solchen Kost drehe sich ihm der Magen um. Eva hatte ein Wort dafür erfunden. Anscheinend gibt es Fleischesser und *Vegetarier*. Meinetwegen! Aber das ist doch lange kein Grund, aus dem einer den andern umbringen müßte.

EVA: Wenigstens mein Dritter hat mir nie Sorgen gemacht. Ich nannte ihn Set – das bedeutet *Ersatz* –, weil er mich über Kain hinwegtröstete, der uns verlassen hat. Set bekam einen ganzen Haufen Kinder. Seinen Ältesten, der Enoch heißt, hat er mit 105 Jahren gezeugt. Als er starb, soll er angeblich direkt in den Himmel entrückt worden sein, aber sicher bin ich mir nicht, denn unsere Familiengeschichte ist so mit Legenden durchwachsen, daß man nicht alles glauben darf, was darüber erzählt wird.

ADAM: Dieser Enoch hatte ebenfalls derart zahlreiche Kinder, daß ich mir ihre Namen nicht alle merken kann, mit einer Ausnahme: Methusalem. Doch alt werden sie sicher allesamt. Wir sind ja durchweg sehr zählebig.

EVA: Ich kann mich gut daran erinnern, daß Adam mich einst für verrückt hielt, weil ich dauernd Stimmen von oben vernahm. Ich war damals ängstlich und wütend über diese anonymen Befehle, besonders darüber, daß sie damit drohten, wir müßten in Zukunft »im Schweiße unseres Angesichts« arbeiten.

ADAM: Das habe ich auch gehört. Allerdings weiß Eva selbst nicht genau, wer das angeordnet hat. Wenn es wahr ist, muß ich froh sein, daß sie mir zur Hand geht. Widerspruch, hat sie gesagt, sei zwecklos. Das kann sein. Bei weitem mehr als ihre Stimmen stört mich aber, daß Eva *mir* die Schuld an dem *Schlamassel* in die Schuhe schiebt. (So nennt sie unseren Umzug. Wo sie solche Wörter nur herhat?)
»Wir sind aus dem Paradies vertrieben worden«, schimpft sie. Das ist Unsinn. Denn erstens hat mich niemand hinausgeworfen. Ganz im Gegenteil habe ich selbst die Flucht ergriffen, und zweitens habe nicht ich den verhexten Apfel gepflückt, sondern die liebe Eva. Sie ist aus lauter Neugier auf einen Trick der Schlange hereingefallen, die ihr alles mögliche versprochen hat. Du brauchst nur hineinzubeißen, und du weißt sofort alle Geheimnisse, zum Beispiel, was Gut und was Böse ist.

EVA: Aber meine Stimmen ließen es nicht bei Vorwürfen und Drohungen bewenden. Eine ihrer Parolen klang so geheimnisvoll, daß ich sie heute noch auswendig weiß. Sie lautete: »Seid fruchtbar und mehret euch!«
Damals wußte ich nicht, was diese Botschaft zu bedeuten hatte. Aber dann ging mir ein Licht auf, und obwohl das Gebären mit der Zeit immer zeitraubender und anstrengender für mich wurde, habe ich mich an diese obskure Weisung gehalten. Ich bekam ein Kind nach dem andern. Das ging ganz von selbst. Ich brauchte nur einmal mit Adam ins Bett zu hüpfen, und schon war ich wieder schwanger.

0
1
2
3
4
5
6
7
8
9

ADAM: Hinterher ist man immer klüger. Als wir dreißig waren, hatten wir bereits dreißig Kinder am Hals. Eva beschwerte sich manchmal über ihre Fruchtbarkeit, aber letzten Endes hatte sie nichts dagegen, weil sie eine gute Mutter ist. Sie war sogar froh, als nach und nach immer mehr Enkel kamen.

EVA: Adam ist nicht mehr ganz so schweigsam wie früher. Einst hat er über mein Mundwerk geschimpft, weil er im Paradies nur eines haben wollte: seine Ruhe. Inzwischen unterhält er sich gern mit mir. Wenn er mir etwas erklären will, das mir zu kompliziert ist, höre ich ihm so lange zu, bis ich müde werde und einschlafe.
Vor ein paar Monaten hat er mir das Zählen beigebracht. Es ist nicht leicht, die Theorien zu begreifen, die er sich ausdenkt. Aber die Zahlen machen mir schon deshalb Spaß, weil sie nie ein Ende nehmen. Ich bin inzwischen bis über einhundert hinausgekommen.

ADAM: Mit fünfzig Jahren hatten wir noch viel mehr Zuwachs bekommen. Ich schätze, wir waren ungefähr sechstausend. Allerdings habe ich den Überblick über meine Familie verloren und kann mir die Namen all der Schwippschwäger, zweiten Cousins und Cousinen nicht mehr merken. Die meisten von ihnen schreiben alles, was die Familiengeschichte betrifft, in dicke Hefte auf, die sie zusammenbinden. Mit der Zeit soll daraus eine Chronik werden. Sie sind so ehrgeizig, daß sie es *Das Buch der Bücher* nennen. Mir kommt das ziemlich größenwahnsinnig vor. Ich würde den Leser nie mit einer Liste langweilen, aus der nichts hervorgeht, als daß A den B zeugte, B den C, C den D, und so immer weiter. Alles nur Männer! Über die Mütter erfährt man nichts.

Übrigens gehen die Verfasser sorglos mit den Zahlen um, besonders was die Lebensdauer der Menschen betrifft. Sie werfen in ihren Büchern mit phantastischen, wissenschaftlich unhaltbaren Zahlen um sich.

Daher kommt es auch, daß unsere Kinder und Enkel ernsthaft glauben, daß wir alle mindestens neunhundert Jahre alt werden. Das ist absurd. Was mich angeht: So lange werde ich es auf keinen Fall aushalten.

EVA: Natürlich hoffe ich, daß Adam mich überleben wird. Denn ohne ihn hätte ich keine Lust mehr. Eigentlich würden mir sogar schon hundertzwanzig Jahre völlig genügen.

ADAM: Für den Fall, daß Eva vor mir stirbt, habe ich mir einen Grabspruch für sie ausgedacht:
»Den Paradiesgarten habe ich nicht vermißt, solange Eva bei mir war.«
Wir können uns beide nicht beklagen. Wir sind nicht wie ein Schatten dahingefahren, und unsere Jahre waren kein bloßes Haschen nach Wind.

Eine Anmerkung des Übersetzers

Die Quellenlage ist verwirrend. Mark Twain war das Gegenteil eines Pedanten. Er war ein Schlamper. Seine Manuskripte sind ein Wust, ein einziges Durcheinander. Zwar hat Samuel Langhorne Clemens unter seinem Pseudonym zwei Meisterwerke geschrieben, *Die Abenteuer von Tom Sawyer* und *Huckleberry Finn*, aber wie er das angefangen hat, ist ein Rätsel. Sein Nachlaß ist der reinste Heuhaufen.

Er mußte zeit seines Lebens für Zeilengeld arbeiten, weil die Gläubiger hinter ihm her waren. War er ein Pumpgenie oder ein Hochstapler? Ich weiß es nicht. Aber einiges spricht dafür, zum Beispiel, daß viele seiner Zeitungsartikel und Magazinbeiträge erst lange nach seinem Tod in Buchform gesammelt und gedruckt wurden, als das Copyright erloschen war.

Mit dieser verworrenen Publikationsgeschichte hatte auch der Übersetzer seine Schwierigkeiten, aber zugleich hat er von ihr profitiert. Er konnte sich aus allen Vorlagen bedienen: aus *Eve's Diary*, *Extracts from Adam's Diary*, *Extract from Eve's Autobiography*, *Eve Speaks*, *Adam's Soliloquy* und *That Day in Eden*. Dazu kommen noch einige Buchtitel: *The $30,000 Bequest and Other Stories* aus dem Jahr 1906, *Europe and Elsewhere*, 1923, und *Letters from the Earth*, 1962.

Was hier zu lesen ist, gleicht also einem Puzzle. Nicht alle Stücke dieses Flickwerks passen zusammen. Striche waren noch das wenigste. Ganze Passagen sind völlig aus der Luft gegriffen.

Anspielungen und Namen, die nur für Amerikaner verständlich sind, wurden ersetzt. »Ziemlich eingedeutscht« bedeutet folgendes: Auf englisch versteht man unter einer *chestnut* einen alten, abgestandenen Witz. Mark Twain macht aus dieser Vokabel ein an den Haaren herbeigezogenes Wortspiel, das unübersetzbar ist. Aus dem Niagara ist der »Reinfall« geworden und aus dem Touristenort Tonawanda in der Nähe von Buffalo ein Nationalpark im Kanton Schaffhausen.

A. T.

Hans Magnus Enzensberger wurde 1929 in Kaufbeuren geboren. Als Lyriker, Essayist, Biograph, Herausgeber und Übersetzer ist er einer der einflussreichsten und weltweit bekanntesten deutschen Schriftsteller. Bei Hanser erschienen unter anderem *Der Zahlenteufel* (1997), *Wo warst du, Robert?* (1998), *Esterhazy* (2009) und *Bibs* (2009).

Andreas Thalmayr veröffentlichte 1985 in Hans Magnus Enzensbergers »Anderer Bibliothek« den berühmten Lyrik-Verführer *Das Wasserzeichen der Poesie*. Im Hanser Verlag folgten 2003 *Lyrik nervt! – Erste Hilfe für gestreßte Leser*, 2005 *Heraus mit der Sprache. Ein bisschen Deutsch für Deutsche, Österreicher, Schweizer und andere Aus- und Inländer* sowie 2018 *Schreiben für Anfänger – ein kurzer Lehrgang*. Für sein Werk wurde Thalmayr immer wieder ausgezeichnet.

Francesco Ciccolella wurde 1990 in Salzburg geboren. Er studierte von 2010 bis 2015 Grafikdesign in Wien, wo er auch heute lebt. Er arbeitet als Illustrator für internationale Medien wie *The Guardian, Die Zeit, Die Welt, Der Spiegel* oder *The New York Times* und wurde mit zahlreichen Preisen ausgezeichnet, unter anderem dem Joseph Binder Award.

1. Auflage 2019

ISBN 978-3-446-26246-1

Umschlag: Peter-Andreas Hassiepen, München
Illustration: © Francesco Ciccolella, Wien
Satz im Verlag
Druck und Bindung: CPI books GmbH, Leck
Printed in Germany

FSC
www.fsc.org
MIX
Papier aus verantwortungsvollen Quellen
FSC® C083411